W9-BKR-749

VICKI
AND A SUMMER OF CHANGE!
Based on Actual Events

VICKI
y ¡UN VERANO DE CAMBIO!
Basado en eventos reales

BY/POR
RAQUEL M. ORTIZ & IRIS MORALES

Art by / Arte Por
Sabrina Cintron, Eliana Falcón &
Edgardo Miranda-Rodriguez

Red Sugarcane Press, Inc.
New York, New York

RED SUGARCANE PRESS is dedicated to presenting and documenting the rich history and culture of the Puerto Rican and BIPOC (Black, Indigenous and people of color) diasporas in the Americas. Our publications offer a range of genres: poetry collections, plays, history, women's studies, and anthologies that encourage exchange of ideas and promote the struggle for human liberation.

RED SUGARCANE PRESS se dedicada a presentar y documentar la rica historia y cultura de las diasporas puertorriqueño/as y BIPOC (negro/as, indígenas y personas de color) en las Américas. Nuestras publicaciones ofrecen una amplia gama de géneros: colecciones de poesía, obras de teatro, historia, estudios de género, y antologías. Red Sugarcane Press fomentan el intercambio de ideas y promueven la lucha por la liberación humana.

534 West 112th Street #250404
New York, New York 10025
www.RedSugarcanePress.com

Vicki and a Summer of Change!¡Vicki y un Verano de Cambio!
© *Red Sugarcane Press Inc.*

Story Text / Texto de la historia © Raquel M. Ortiz and Iris Morales

Artistic Director / Dirección de arte: Edgardo Miranda-Rodriguez, Somos Arte
Illustrator / Illustradora: Sabrina Cintron
Colorist / Colorista: Eliana Falcón

All rights reserved. No part of this publication may be reproduced, distributed or transmitted in any form or by any means, including photocopying, recording, or other electronic or mechanical methods, without the prior written permission of the publisher, except in the case of brief quotations embodied in critical reviews and other noncommercial uses permitted by copyright law. For permission requests, write the publisher at: info@RedSugarcanePress.com.

Todos los derechos reservados. Prohibida la reproducción, distribución o transmisión total o parcial de esta obra por cualquier medio, incluyendo fotocopiar, grabar, o otros medios electrónico o métodos mecánicos sin contar con la autorización por escrita de la casa editorial con la excepción del caso de citas breves para reseñas críticas y otros usos sin fines de lucro permitido por el ley de propiedad intelectual. Para solicitar autorización, escriba a: info@RedSugarcanePress.com.

ISBN: 978-1-7340271-4-3

Library of Congress Control Number: 2020922732
Printed in the United States of America

Dedication /Dedicación

To my mother, Sonia Ortiz, my grandmother, Virginia Rodríguez, and all the strong, brave women who have taught me to fight to make our community and world a better place.
RMO

To Lorenzo whose warm and open spirit is like morning sunshine.
IM

———

Para mi mamá, Sonia Ortiz, mi abuela, Virginia Rodríguez, y todas las mujeres fuertes y bravas que me enseñaron cómo luchar para hacer nuestra comunidad y el mundo un lugar mejor.
RMO

Para Lorenzo cuyo espíritu cálido y abierto es como el sol de la mañana.
IM

———

Notes from the Authors / Notas de las autoras

Vicki and A Summer of Change! reflects our desire to offer children's books that accurately and caringly depict Latinx and BIPOC experiences and heritage. This story is inspired by historical events in New York City in 1969 when Puerto Rican activists joined by Latinx and African Americans formed the Young Lords Organization in East Harlem. They unite with residents in a campaign for clean streets —the first of many they pursued.

Vicki and Val Alegría Rodríguez are fictional characters who live in East Harlem. Vicki's name is short for Victoria and means victory. "Val," short for Valentina, means strength. Alegría, the first last name, means happiness. Rodríguez is a common last name in Puerto Rico.

———

¡Vicki y un verano de cambio! refleja nuestro deseo de ofrecerles a niño/as libros que describen las experiencias y el legado de nuestras comunidades. La historia esta inspirada en eventos reales en la ciudad de Nueva York en 1969. Activistas Boricuas junto/as con Latinx y Afroamericano/as formaron a la Organización de los Young Lords en El Barrio. Se unen con los residentes y inician una campaña para calles limpias —la primera de muchas que persiguieron.

Vicki y Val Alegría Rodríguez son personajes de ficción que viven en East Harlem. Vicki es un apodo para Victoria que significa triunfar. "Val," apodo para Valentina, significa fuerza. Alegría, el primer apellido, significa felicidad. Rodríguez es un apellido común en Puerto Rico.

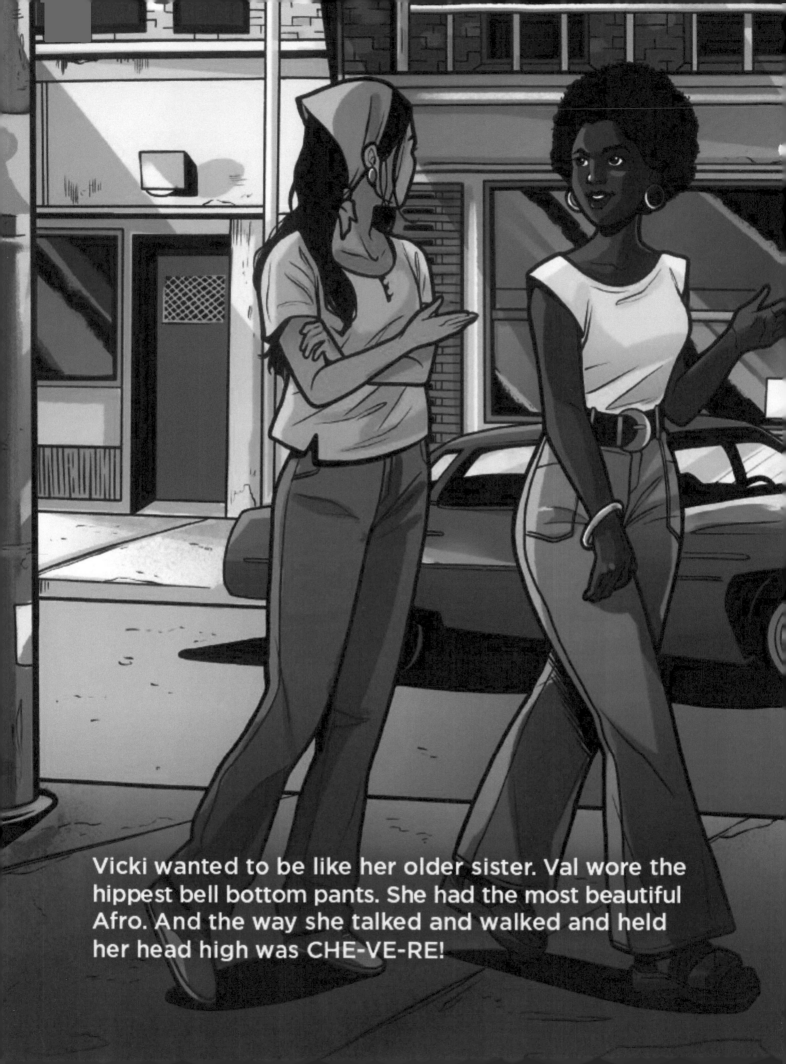

Vicki wanted to be like her older sister. Val wore the hippest bell bottom pants. She had the most beautiful Afro. And the way she talked and walked and held her head high was CHE-VE-RE!

Vicki quería ser igual a su hermana mayor. Val usaba la ropa más de moda. Llevaba un bello afro. La manera en que hablaba, como caminaba con su cabeza alta era ¡CHE VE RE!

In an ideal world, Vicki would be able to go every-where her sister went and do EVERYTHING she did. But Val didn't want her at meetings talking about hungry children and people getting sick in El Barrio. Vicki followed Val anyway, hiding in the shadows, listening to every word.

En un mundo ideal, Vicki podría ir a todos los lugares donde fuera su hermana y hacer TODO lo que ella hacía. Pero Val no la quería en las reuniones hablando de niños pasando hambre o la gente enferma en El Barrio. Comoquiera, Vicki siguió a Val, escondiéndose en una esquinita, pendiente a cada palabra.

Nor did Val want Vicki tagging along to hear Nuyorican poets recite verses that filled the air with the magical Afro-Puerto Rican conga beats. Vicki snuck in anyway, quietly in a corner, filling up on powerful poetry.

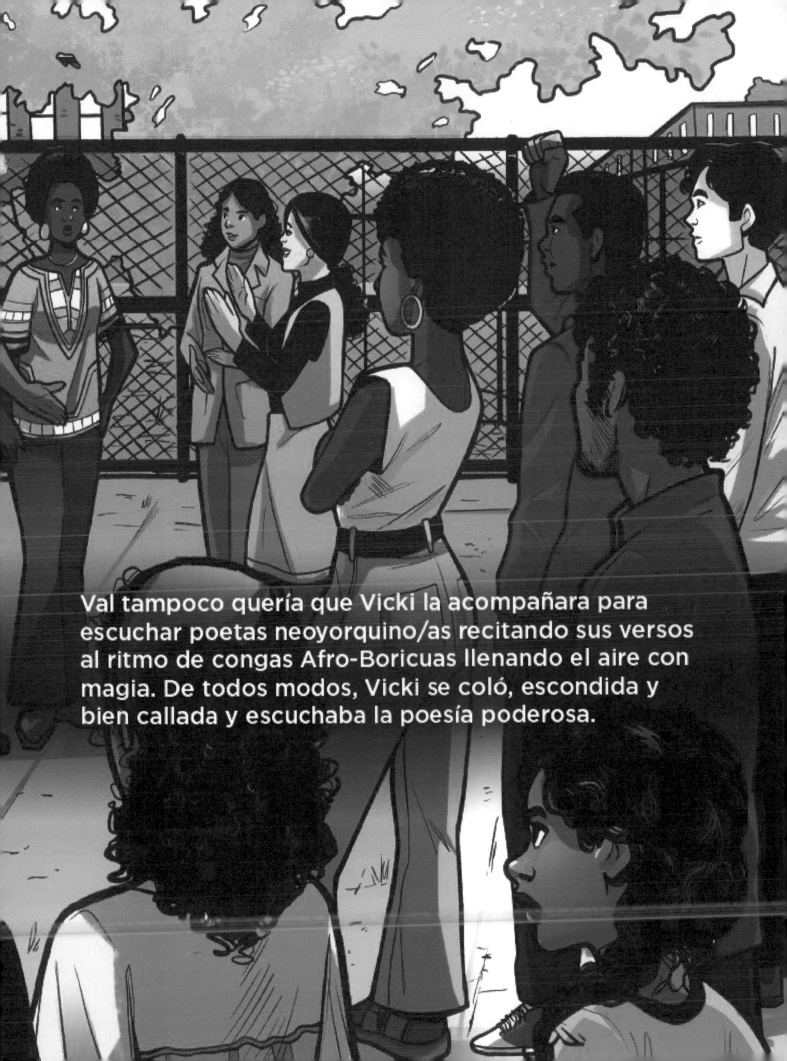

Val tampoco quería que Vicki la acompañara para escuchar poetas neoyorquino/as recitando sus versos al ritmo de congas Afro-Boricuas llenando el aire con magia. De todos modos, Vicki se coló, escondida y bien callada y escuchaba la poesía poderosa.

Val did NOT want Vicki getting grimey by painting on grungy tenement walls. Vicki got her hands on a brush, anyway, painting Afro-Indio symbols and putting her fingerprint on history.

Val NO quería que Vicki se ensuciara pintando las pegajosas paredes de los edificios. De todos modos, Vicki agarró un pincel, y pintó símbolos afro-indios poniendo su propia marca en la historia.

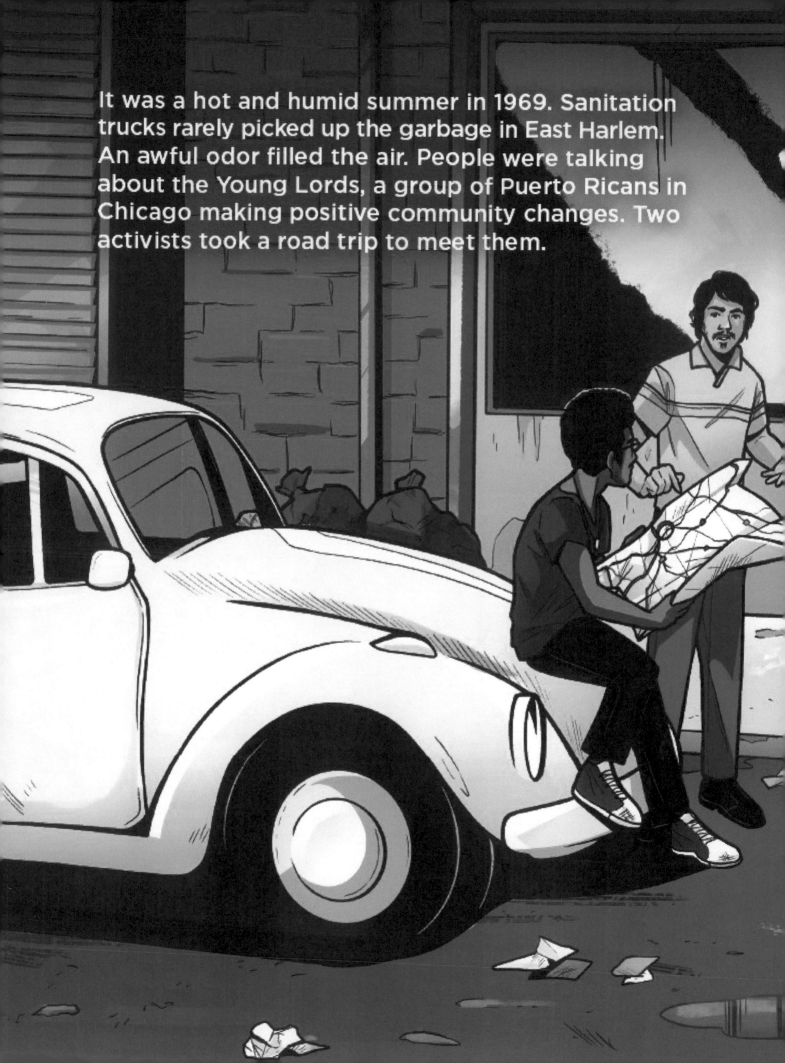

It was a hot and humid summer in 1969. Sanitation trucks rarely picked up the garbage in East Harlem. An awful odor filled the air. People were talking about the Young Lords, a group of Puerto Ricans in Chicago making positive community changes. Two activists took a road trip to meet them.

Era el verano de 1969. Hacía un calor horrible. Los camiones de sanidad casi nunca recogían la basura en El Barrio y el aire estaba lleno de olores asquerosos. La gente hablaban de los Young Lords, un grupo de puertorriqueño/as en Chicago haciendo cambios positivos en su comunidad. Dos activistas viajaron para conocerlos.

Inspired by the Young Lords, they formed a local chapter. Members asked the community, "How can we improve El Barrio?" Surprisingly, every person said the same thing, ¡La basura! The garbage! People were tired of trash on the streets.

Inspirados por los Young Lords, formaron un capítulo local. Le preguntaron a la gente: "¿Cómo podemos mejorar El Barrio? Sorprendentemente, todos y todas dijeron lo mismo, "¡La basura!" La gente estaba cansada de la basura en las calles.

Val told Vicki, "We're gonna do something about the garbage! Wanna come?"

Vicki couldn't believe it! No more sneaking around? No crouching in corners? "Right on!" shouted Vicki. She puffed out her ponytails and pinned on a 'Power to the People' button.

Val le dijo a Vicki: "Vamos a bregar con el problema de la basura. ¿Quieres ayudar?"

¡Vicki no podía creerlo! Ya no tendría que esconderse en las esquinitas. "¡Weeepa!" gritó Vicki. Se peinó sus moñitos y abrochó su botón de 'Power to the People.'

"¡Hasta la más joven puede hacer una gran diferencia!"
dijo Val pasándole una escoba a su hermana.

The stinky stench was everywhere. Rancid, rotten rubbish was rampant. Foul, funky filth filled the sidewalks.

Vicki and Val joined Sonia, Olguie, and other Young Lords and neighbors sweeping the streets.

Un olor horroroso estaba por todas partes. Las aceras estaban embarradas de basura podrida. Cada calle estaba asquerosa.

Vicki y Val se unieron a Sonia, Olgule y otros Young Lords. Junto a vecinos y vecinas todos barrían.

More Young Lords —Ramón, Carlito, and Georgie— chanted, "We want clean streets! Right NOW!"

They filled up garbage bags to make pick up easier. BUT the garbage trucks did NOT appear.

Otros Young Lords —Ramón, Carlito, y Georgie—
reclamaban, "Queremos calles limpias! ¡AHORA
mismo!"

Llenaban bolsas de basura para facilitar su recogida.
PERO los camiones de basura NO aparecieron.

Semana tras semana, Vicki y Val se juntaban con los Young Lords, los vecinos, y las vecinas para barrer. Las montañas de basura crecían y CRECÍAN. PERO, los camiones de basura NO llegaron!

After all the hard work, broken glass, moldy paper, and plastic containers were still everywhere. Fed up, the Young Lords pushed the garbage bags to the middle of the street. Soon, girls and boys, abuelitos and abuelitas, and other neighbors joined in.

Después de tanto limpiar, vidrio rotos, papel mohoso, y pedazos de plástico todavía estaban por todos lados. Hartos de ser ignorados, los Young Lords empujaron la basura hasta el medio de la calle. En dos por tres, niñas y niños, abuelitos y abuelitas y otros vecinos y vecinas se unieron.

The pile of bags grew and GREW. "Look Val, the garbage pile is taller than me!"

Together everybody constructed a barricade out of the rubbish and trash. It was humongous! Traffic came to a halt.

El montón de basura creció y CRECIÓ. "¡Mira Val! ¡La montaña de basura es más alta que yo!"

La comunidad construyó una barricada con la basura. ¡Era enorme! Paró el tráfico.

That night the Young Lords were on television! The shameful story about the government ignoring East Harlem reeked of foul play. City officials finally sent sanitation trucks to pick up the garbage. The community celebrated!

And Vicki and Val? Well, the Alegría Rodríguez sisters continued hanging out together. With heads held high, tall, and proud, they worked to make their community and the world a better place!

¿Y Vicki y Val? Bueno, las hermanas Alegría Rodríguez siguieron saliendo juntas. Sus cabezas en alto, bien orgullosa, trabajaban para hacer de su comunidad y el mundo un lugar mejor.

GLOSARIO / GLOSSARY

Abuelitos and abuelitas — Grandfathers and grandmothers

Afro-Indio — Afro-Indian

Basura — Garbage

¡Chevere! — Wonderful or terrific

El Barrio — the Neighborhood

Nuyorican — Related to the cultural arts movement created by Puerto Rican artists in New York City in the 1960s

---

Vicki and A Summer of Change! based on historical events in 1969 presents themes of community activism and solidarity.

¡Vicki y un verano de cambio! inspirado en eventos historicos en 1969 presenta temas de activismo comunitario y solidaridad.

For more information, visit / Para obtener más información, visite
www.RedSugarcanePress.com

About the Artwork / Sobre el arte

The artwork was produced by *Somos Arte* design studios led by **Edgardo Miranda-Rodriguez** as creative director, an award-winning graphic novelist and creator of *La Borinqueña*, the comic book superhero who uses her superpowers to save the the environment and her beloved Puerto Rico. Studio team members include **Sabrina Cintron** as illustrator and colorist **Eliana Falcón**.

El arte fue producido por los estudios de diseño *Somos Arte* dirigido por Edgardo Miranda-Rodríguez como director creativo, un galardonado novelista gráfico y creador de *La Borinqueña*, la superhéroina de cómics que utiliza sus superpoderes para salvar el medio ambiente y su amado Puerto Rico. Miembrs del equipo incluyen a Sabrina Cintron como ilustradora y colorista Eliana Falcón.

For more information, visit / Para obtener más información, visite
www.SomosArte.com

About the Authors / Sobre las autoras

Raquel M. Ortiz was born and raised in Lorain, Ohio. Her parents are from Puerto Rico. Dr. Ortiz creates educational materiales for the Puerto Rican Heritage Cultural Ambassadors Program for the Center for Puerto Rican Studies (Hunter College). She is the author of *Sofi and the Magic, Musical Mural / Sofi y el mágico mural musical, Planting Flags on Division Street / Sembrando banderas en la Calle Division, Sofi Paints her Dreams / Sofi pinta sus sueños* and *When Julia Danced Bomba / Cuando Julia bailaba bomba.*

Raquel M. Ortiz nació y creció en Lorain, Ohio hija de padres puertorriqueños. Dr. Ortiz prepara materiales educacionales para el programa de Embajadores de la herencia puertorriqueña del Centro de estudios puertorriqueños (Hunter College). Es la autora de *Sofi and the Magic, Musical Mural / Sofi y el mágico mural musical, Planting Flags on Division Street / Sembrando banderas en la Calle Division, Sofi Paints her Dreams / Sofi pinta sus sueños y When Julia Danced Bomba / Cuando Julia bailaba bomba.*

Iris Morales is an educator, activist, attorney, filmmaker, author, and was a leading member of the Young Lords Organization. She has worked as a classroom teacher, designed literacy workshops for elementary school children, and created youth media programs. As an author, her books and articles center on the experiences of Puerto Rican and BIPOC (Black, Indigenous and people of color) diasporas in the Americas. Her activism focuses on issues of racial and gender justice, and the decolonization of Puerto Rico.

Iris Morales es educadora, activista, abogada, cineasta, autora y fue una miembra principal de la Organización de los Young Lords. Ha trabajado como maestra, diseñado talleres de alfabetización para niños de primaria y creado programas de medios para jóvenes. Como autora, sus libros y artículos se centran en las experiencias de las diásporas puertorriqueña y BIPOC (negras, indígenas y de color) en las Américas. Su activismo se enfoca en temas de justicia racial y de género, y la descolonización de Puerto Rico.

For more information /Para obtener más información, visite

Raquel M. Ortiz: https://colorespublishing.wordpress.com/about/

Iris Morales: https://irismoralesnyc.wordpress.com/

Printed in the USA
CPSIA information can be obtained
at www.ICGtesting.com
LVHW081145011023
759810LV00002B/37